CANTI PER I NOSTRI GIORNI

GIORGIO CICOGNA

A LIDIA

PAURA

Ascendono. Un soffio che sfaldi
la neve, là in alto, una zolla
che frani, la ruga
d'un esile appiglio
che ceda, una fuga
di sassi, un crepaccio
che s'apra, e giù tra le rupi, nel rombo
d'una valanga, tra il croscio
della petraia, di tonfo
in tonfo, giù piomberanno. Ma sàlgono
su, ancora. Ecco un orlo
di crepa; àrcuan gli òmeri, puntano
i ginocchi... Su! in alto! ove al sole
scintillano i ghiacci! Su, al vertice! Pura
là è l'aria; e là è l'anima. Il cuore
ti ignora, o paura.

Questi anche, un cuore, e sangue hanno, questi esuli
dal cielo ampio, l'aperto
cielo che si respira, e beve, libero,
pieno, con avidità più grande
quanto più si arde; il cielo
che si spande su tutti, e accoglie l'ultimo
fiato, e l'ultimo sguardo. Per sè un'umile
bolla, greve di miasmi, hanno, nel concavo
d'una cella d'acciaio. Pesa, immensa,
sopra e intorno la fredda acqua; e nell'acqua
la morte; e nel silenzio,
lenti, quasi a tentoni, essi la cercano
e la stringon da presso, cauti; e sanno
che il frullare di un'elica, lo sciacquo
d'un rigúrgito, il fremito leggero
d'una pinna, il fruscìo lieve d'un brivido
d'aria potrà destarla, e farle stendere
le adunche dita; e il cuore
non trema. Anche la loro anima è pura
di te, paura.

Non hanno, non hanno paura
no, gli uomini. Saldi
stanno su rocce e su tolde.
Affrontano il gelo e l'arsura
gli abissi e le folgori;

domani, su, agli astri, più in alto
del cielo, saetteranno all'assalto.
Titani, titani son gli uomini
e arcangeli. Monte su monte
accatasteranno. Le porte
del cielo scardineranno. Fuoco arde
nel loro sangue. Un furore
d'incendio hanno, in cuore.

Ma quando la prova chieda altro
che stringer mascella a mascella
e al muro d'ire, armi, avverso impeto
di sorte, cozzando
abbattersi; quando non la Morte
minacci, con la sua gran falce, ma il buio
d'un'ombra, anche se non oro
nè alloro sia del gioco il premio, ma il dono
più grande di levarsi a volo con ali
della propria carne (e pur breve
sia il frullo), di guardare intorno con occhi
della propria fronte (e pur chiuso
volga l'orizzonte), e nel rombo
confuso — che vien su dal gorgo — la vena
scoprire, di un sottile ritmo, o la piena
d'un'onda d'armonia suprema, allora, ecco,
fiamme si spengono
incendi si smorzano
orgogli si frangono
baldanze s'atterrano
agnelli e leoni in un unico branco l'un l'altro si serrano
a fianco galoppano
ansando s'incalzano
sperduti, smarriti, spauriti
atterriti...

Paura, paura, paura, di uscire dal solco
tracciato,
Paura di spingere il vòmere ove altri non ha
ancora arato,
Paura, nel fiume del mondo, di aggiungere, goccia o torrente,
la propria sorgente,
Paura di dirlo, pensarlo: Son io, son io solo
che giudica!
Qua il mondo, ch'io l'oda; qua gli uomini,
qua le opere; queste
le leggi; qui il termine

fra il noto e l'ignoto; qui il vertice
attinto; mondo, opere,
leggi, ora
parlate; il silenzio si popoli
di voci; io, nel vortice
sonoro, io, nel coro
del Tutto, io, lo colga, se il senso
mi basti a tanto, l'immenso
messaggio del canto.

L'ASCETA

Solo, nella notte, l'eremita
pregava.
Fioca, nella cella, una lucerna
tremava.
Le stelle, su in alto, roteando
passavano; preci, uomini,
terra, assorte nel loro giro ampio, ignoravano.

Vecchio era l'eremita, il più vecchio
d'anni degli eremiti.
Sofferto aveva affanni
infiniti; e si batteva col pugno.

Chiedeva misericordia, egli, immune
da colpa, per il male del mondo.
Pregava, nel silenzio profondo,
per i peccatori, egli, fuori
del gorgo. Non domandava al destino
che riposo, per sè, del lungo
cammino.

All'alba, consunta, la lampada
guizzava morente.
Già all'ultime stille, guizzava, finita, la vita
del vecchio eremita.
Accolta era stata la preghiera,
chiusa la lunghissima sera.
Passava. Cercò con lo sguardo
già greve, di là dal muro, un raggio ultimo
di luce da portar seco nell'ombra
eterna. Gli si spense in sussurro
l'ultima prece. Poi tacque
per sempre e steso al suolo pesantemente giacque.

Sùbito intorno al morto si levò e corse un fremito. Di tomba in tomba
rapido si rifrangeva l'eco del nuovo annunzio, e accorrevano
l'ombre. Fu gran concilio d'anime nella romita
cella. Sordo al pispiglio dell'irrequieta
folla, l'anacoreta
dormiva. E un gran silenzio
si fece intorno, e una voce
diede al nuovo venuto

nel paese dei morti il suo saluto.

— Benvenuto, uomo! Che porti
teco, giungendo al nostro regno?
Fama hai di savio. Sei degno
di vivere fra noi morti? —

Chi parlava dell'al di là? Divelta
dal nodo della carne, balzò l'anima
intenta; e i folti spiriti
guardò sorpresa. Fatue luci, tremule
fiamme, vampe azzurrine... I morti! I morti!
Ella era giunta! Era nel regno, il vero,
l'eterno, il tanto atteso,
l'unico! Il corpo
era lì, steso, enorme e vuoto; immoto
come la pietra; ed ella, senza peso,
lieve come aria, libera,
sciolta per sempre, fluttuava, aliava,
ebbra, immemore alfine, alfine assunta
alla pace infinita, alla serena
pace, di là dal cieco
carcere, oltre la pena
lunga di quella lunga aspra sua vita...

— Provvida è la sorte, che arresta
la spola quando il filo è finito.
Come, uomo, nell'ordito
del tempo la tua trama fu intesta?
Certo hai lasciato un tuo dono
o savio! Quale solco hai tracciato?
Vedi i nascituri? Hanno piene
le mani di sementi. Hai tu arato? —

— O anime, vissuto ho nel silenzio,
nella preghiera,
oltre le procellose
nubi, fiso alla sfera
del bene... Anime anime, ove andate?
Ove fuggite? Chi m'ascolta? Chi ode
solo un momento...? Chi m'aiuta? Ombre! Anime!... —

Solo rimase l'eremita

solo, morto anche alla morte.
Greve di un'inutile vita
percosse avea le funebri porte.
Vedeva, alla gran soglia, atterrito,
giungere a una ad una
dalla terra, altre anime
di morti; e a ognuna
l'opera fornita risplendeva come aureola
intorno; e, fioco
albore o rutilare di splendore,
tutte n'eran cinte; tutti, un giorno
solo, un'ora, anche i più umili, i negletti
dal destino, gli ultimi, avean dato
vivi, un segno
di lor vita: arato
un campo o alzato un tempio; intriso
un pane o vinto un popolo; sorriso
a un figlio, o sciolto il volo
a un canto. Ei solo avea fallito il viaggio.
Ei solo era ombra, intera, buia, senza raggio.
Fosco in cielo tra nuvole bigie baluginava il mattino,
l'anima sola e triste riprese il suo corpo e il cammino.

L'INNOCENTE

Il nido era soffice e caldo
lassù in vetta all'olmo; sospeso
ma saldo; ricolmo
di nati, gli alati
volastri dell'ultima cova.
E un dìttero, un piccolo nulla,
ronzando leggero,
accanto alla pènsile culla
passò; troppo accanto; e lo scorse e si sporse
ingordo, un dei piccoli, e cadde.

Ora nella polvere della strada
lo scrìcciolo arrancava arrancava.
Batteva le alucce e non poteva
alzarsi; e frullava e ricadeva
spaurito, ansante. Dalla strada
un'ombra, un mostro, a gran passi
giungeva; il cielo, gigantesco,
oscurava.

Veniva dalla strada deserta
un vecchio randagio di tutte
le strade del male, segnato
di rughe e di colpe.
Rottame d'ogni umano naufragio
veniva rugumando i suoi neri
pensieri di lupo e di volpe.

E vide la creatura che annaspava
nella polvere, e un palpito nel duro
cuore gli corse; e accorse
e la raccolse; e dalla nocchieruta
mano trarre la tremula dolcezza
seppe d'una carezza; ed i due sguardi
dei due sperduti, il torbido
ed il lìmpido, un àttimo
s'incontrarono.
Va, va, vecchio; lascia
l'innocente. Altre mani, altre incolpevoli
mani, non le grifagne tue, racchiudano
la dolce preda. Eccolo, viene, guarda,
un fanciullo. I suoi cèruli occhi immensi

specchiano il cielo; e supplice ti tende
le sue piccole mani dalle rosee
dita, simili ai pètali di un fiore
contro la luce. O vecchio, o vecchio, e questo
questo che tu sorridi è forse l'ultimo
dei tuoi sorrisi, l'ultimo fugace
lampo del bene sulla dura scorza
della tua faccia...
E il bimbo ebbe il suo dono
lieve, e rise felice, e se lo strinse
al petto. Oh bello, oh morbido
fascio di piume! Palpitava il piccolo
cuore della creatura nella tiepida
stretta; ma più che un nido
caldo è il concavo seno delle tènere
mani d'un bimbo... Il vecchio
era già lungi, via, col suo destino,
solo, in cammino.

E il bimbo dagli occhi cerulei
rimase, anche solo, al suo gioco.
Si divertì per un poco
assorto; poi, con gli aculei
d'un pruno, attento, — e teneva
il respiro nella fatica — uno ad uno
gli cavò diligentemente gli occhi. Oh come
buffo si contorceva ora, oh che splendidi
guizzi! Battè le mani il piccolo
e rise. E nella limpida
chiara ignara pupilla era il riverbero
della tua gloria, o pura
santa, cara ai poeti, imperitura
madre, Natura.

ALLA NATURA

Madre ladre benigna, misericordiosa
natura
Dàcci la rigogliosa uva che nella tua vigna
matura
Largìscici con l'eterno tuo amore
i doni del tuo materno
cuore.

Dà, dà al mendíco le raffiche dei tuoi venti
per riscaldarlo
Dà al fanciullo le zanne dei tuoi lupi
per trastullarlo
Màcera il corpo e spegni
Gli occhi al vegliardo ma avvíncilo, coi tortigli
della speranza al suo buio, che bràncoli
in esso, cercandovi i figli.
Strazia ai vivi la carne, che ùrlino, e l'urlo suoni alto,
Strappa il figlio alla madre, l'amante all'amante, le fronde
al ramo, le radici profonde
al ceppo; fa strame
dei fiori: buon concio per la tua terra fa, dolce
natura, del sangue e dell'ossa
delle tue creature, chè possa
rinnovellarsi il messaggio
tuo d'amore, ogni maggio.
E sèmina, sèmina, natura
per la mietitura futura.
Pianta i tuoi tralci per la vendemmia
chè la tua ancella, la sorte,
possa offrirti bei grappoli
di morte.

Ma falcia dunque, spàzzala, cancèllala
dalla faccia del mondo
questa gregge; ma stèrminala tutta,
Madre, ch'io non oda più oltre
questo belare! Non vedi
che più la schiacci, e più ai piedi
ti striscia? Tu che sola
una cosa ci hai dato
di grande, augusto, l'ansia di combatterti
e superarti, e, superata, imprimere
sopra ogni cosa il segno, il marchio, l'orma

nostri! Tu che ci hai detto: Va! che hai l'arma
per la tua guerra! Distruggi
chè puoi creare! Sfa, lacera
la mia tela, e ritèssila
con le tue mani! Ma i trepidi
pigmei tremano e orrore hanno, se un lembo
si strappa; e brulicando come nere
formìcole s'affannano, e dai glomi
viscidi del pensiero il filo tràggono
che la rammendi, e chiuda, e chiuda, e màscheri
lo squarcio, anche se marcio
sia l'ordito, e la trama a falda a falda
se ne cada, purchè dallo spiraglio
non entri il cielo, un cielo troppo azzurro
e luminoso, e un sole che li abbàcini
troppo, che troppo fólgori i lor occhi
miopi... Rammendate, rammendate,
fratelli del bruco laborioso,
Fatevi anzi un bòzzolo, e state
ben dentro, che nulla turbi il riposo.
Anch'io, anch'io vedo i prati
fiorire, e il grano maturare
anch'io tra lo stormire delle fronde qualche volta ascolto
il vento sibilare, e vedo a onde
a onde susseguirsi lungo i secoli le stirpi.
Ma penso — Povera natura
quanta terra, ed acqua, e sole, per un pane!
Quanto inane
impeto di vento per il volo
breve di un tuo solo
seme! quante vane
prove, per far nascere dal grembo
di una stirpe un uomo!

Basta, basta, natura.
Troppo il tuo gioco è durato.
Basta con questa immensa paura
di leggi e di fato.
Vili ignudi feroci
ci hai fatti; l'orto e la vigna
del mondo infestati hai di gramigna.
Strappammo, arammo, bagnammo
le zolle di sangue e di sudore.
Piantammo nell'arido cuore
il seme di un a te ignoto
amore.

Vinceremo. Sorgerà, sui calvi
graniti, la città futura.
Leverà dalle sue dure fondamenta al cielo gli alti
pinnàcoli sicura.
Ruoterà, spazzato dalle arboree
muffe e dalle gromme
delle viti inutili il pianeta.
Brillerà negli occhi all'irrequieta
specie una più pura
luce.
Guarderanno i figli dei remoti
figli al luminoso
segno.
Stringeranno in pugno il più glorioso
scettro d'un più vasto
regno.
Con gli aratri e il ferro delle spade
tra le cose morte
senza ormai più sorte
dormiranno il loro sonno, finalmente
muti
ultimi nostalgici esegéti di perduti
secoli, i poeti.

A UN BAMBINO

O piangere
di bambino
monotono
lamentare
ripetersi
senza tregua
di un'unica
triste nenia,
insistere
d'un frignare
che pare
debba durare
eterno; pianto infinito
tedioso
senza riposo
scandito
tratto tratto
dalle síncopi
dei singhiozzi
O piangere
che vuoi dire?
che chiedi?
non c'è una mamma
lì presso, piccolo bimbo
che più non taci
coi baci
per il tuo dramma?

Non vedo
ma t'indovino
lì, roseo
nella tua culla;
un tenue
piccolo nulla.
Nessuno! Domani forse
il mostro, che scanna, o il monaco
che prega; o Cesare
o Giuda; o l'uno
che non ha nome
nel gregge. Questa
sarà la sorte
tua. Piangi, piccolo
tu che puoi; forte.

Ma se unico
per la tua mala sorte
per un cattivo gioco
del tuo destino,
con gli occhi
che ora sgrani azzurri
che ora volgi attoniti
vorrai guardare,
e il mondo
tutte le cose intorno
con l'arme nuda
del tuo pensiero
frugare
vorrai nel fondo
e nel breve giorno
della tua vita
scavare, con la sola forza
delle tue dita, un sentiero
che ascenda; se sei nato ricco
del più greve dono
— tu solo! — sotto cui piegarsi, e fiaccarsi, e brancolar perduta
possa mente d'uomo,

bimbo allora ascoltami
lascia questo piangere
taci ed addorméntati
serba le tue lagrime
che te ne rimangano
che tu n'abbia tante quando avrai davvero fame
fame di giustizia che nel mondo non ha un pane
bimbo, e sete
sete di chi vede e sente scorrere la fonte
per l'arsura di cui brucia e c'è una rete
che lo serra, tutt'intorno...
Perchè intorno —
bimbo che piangi — già il mondo ti tesse
guarda, una rete, una rete d'inganni
frodi, astuzie, paure, promesse...
Te la tessono stretta e fitta
che tu non possa mai più liberartene;
te la tessono, fitta e stretta
tutti, a gara, per imprigionartene.
Tutti, bimbo! t'inganna la madre
che adesso ti canta
la sua ninna nanna
perchè t'addormenti;
t'ingannerà uguale

la voce del bene
la voce del male
l'amico, il nemico
l'amore, il destino,...
perchè non si vuole
che tu ti ribelli
insorga, ti scrolli,
gridi alto, alto
voli...

Bambino,
potresti. Tuo è il mondo. Te l'offro
se m'odi:

Ama l'uomo; non quello
che sognan le favole, il buono
pio, giusto; ma il vero
che vive, è nel mondo, ti esalta
sincero; sincero
ti schiaccia, se può. Anch'egli crede
d'amarti. Tu aiutalo. Parla
— se parli — le piane parole
del bene, perchè il bene è il clivo
più breve; ma indulgi al sentiero
tortuoso; anch'esso ànsima, in cerca
di un vértice; e aiuta
chi traccia la strada più grande
per tutti; l'immenso tratturo
che porta su il gregge, al futuro.
Quando operi, accénditi
e avvampa. Il mondo ama
la fiamma. Ma il fuoco
non stémperi il nitido ghiaccio
giù in fondo, del cuore; diamante
che hai teco. Non credere
al sì. Per immenso
che gridi a te intorno il consenso
tu dubita. All'uomo
chiedi oro; ch'è il premio degli uomini;
non altro. Il tuo premio sia il chiudere
sereno dei giorni, con l'animo
placato, il tuo debito assolto.
Guarda oltre; rivolto
al domani. Il tuo ieri sia morto
ogni giorno; ma guarda
ove altri non vedono; i segni
remoti; le mète

lontane; i segreti
strappati; gli spazi
violati, i vergini astri
raggiunti, l'urna orrida
dei morbi infranta, la morte
fiaccata, il primo alito infuso
dall'uomo al primo essere — e, lungi
più lungi, ai confini
dell'opera grande, l'oceano
azzurro, la foce...

E dì all'uomo — se parli
dell'uomo — che il cielo
è immenso; un'immensa voragine
è l'atomo; il tempo anche è immenso;
soltanto una cosa è più grande
del cielo del tempo e dell'atomo;
quel grappolo bianco e grigiastro
striato di sangue e di siero
ove arde il pensiero.

INTERMEZZO LIRICO

...Qualche volta, sì, quando le stelle in cielo chiamano
e l'oceano, stanco, le rispecchia,
quando, labili inseguendosi l'un l'altro argentei
guizzi d'onda in onda, par risponda
l'acqua in ritmo arguto al muto invito della luce
e giochino d'enigmi, nel silenzio, il raggio
e l'ombra,
scende giù dal cielo o affiora su dalla profonda
quiete, lene, melodia che corre il sangue vena a vena
la canzone piena
di dolcezza, bella
come il sogno, quella
che ci dice: non soffrire, fin che puoi dormire; che sussurra: azzurra
come il cielo come il mare
— anima — è la sorte se saprai sognare, se saprai
sperare!

Melodìa, melodìa
del cuore, nostalgia
d'amore, desideri di pensieri
d'ieri
che la vita ha spenti;
riemergenti echi di canzoni care da riudir cantare
se nell'anima il ricordo di un accordo al ritmo par che in ogni
ammulinar di sogni
dal profondo affiori;
melodìa, melodìa, rimpianto
d'una via smarrita rifiorita per malía d'incanto, melodìa, tremore
d'una lacrima che brilla a fior di ciglia, odore
che riporta, d'un incendio spento, il vento,
tu sei triste, e piangi
troppo! e tempo è d'inni, melodìa! Il silenzio
ti riassorbe, se tu taci!
Piangi pure le tue lacrime e i tuoi baci!
Fonda è l'ombra, buio il cielo, grande il mondo, melodìa,
la tua voce è troppo breve!
lieve lieve
fiocco a fiocco, aereo, — guarda —,
pappo di soffiòlo vola via il dolore, solo
che un mio alito lo sfiori...
Pena e pianto, pianto e pena,
— soffio appena —
nevica nevica tutt'intorno
nudo è lo stelo, il calice è vuoto,

non c'è più il fiore del meliloto,
c'è un altro fiore, rosso scarlatto,
c'è un'altra voce, voce di gioia,
sentila! ascoltala! Pare un richiamo,
ma di campane! Squillano a festa!
La tua canzone — dicono — è questa:

Limpido è il mattino
Fresca è la rugiada
Va pel tuo destino che fiorita è la tua strada.
Vento non si leva
Nube non minaccia
Va pel tuo cammino col bastone e la bisaccia.
Nella bisaccia metti il tuo pane
Con il bastone scansa gli sterpi
Solo di quello ti pasci se hai fame
Solo con quello allontana le serpi.
Per monti e valli cammina cammina
fino a che l'arco del sole declina.
Poi la sera
va nel bosco
va nel folto più odoroso,
poi la sera
va sul mare
va ove l'acque son più chiare;
E coi rami
della selva
fatti un letto per riposare;
e coi giunchi
della riva
fatti un'àmaca per sognare;
E quando viene la notte stellata
canta, canta, ma a voce spiegata!
Dì: Penso agli occhi
che mi sorrisero.
Dì: Penso ai labbri
che mi baciarono.
Penso ai capelli che ai miei si confusero
penso alle braccia che mi s'allacciarono.
Ma non per gli occhi,
ma non pei labbri,
sì per la spola che tesse e ritesse
sottile sottile
per me questa trama di raggi d'aprile,
sì per il dono
tuo, dell'amore,
canto, Signore,

così:

Amore
amore
il nido che le accoglie,
le tue rondini, non è
di foglie!
Nido è grande, d'aquila,
sta su in alto, è impervio,
vi si guarda nei meriggi ardenti
tra le rupi aeree
Te
ed il Sole.

INTERMEZZO TRAGICO

A MARIANO E ZAPPI

L'Altro era già caduto, era già assorto
nel suo gran sogno. Non chiedeva aiuto
più; muto, si sognava morto.

Morto. In pace. Giù, via, con la corrente
lenta, senza più freddo, senza più
pena; in pace; serenamente. Un blando
scender nell'ombra, e inabissárvisi, ecco,
come inghiottito. E il Nulla immenso, morbido
come bambagia; nuvole lievi che urtano
senza far male; e se si capovolgono
pare si capovolga il cielo... Chi ànsima
cosí vicino? e questa luce?... Dio,
perché c'è questa luce atroce? Basta
ghiacci! basta acqua! basta andare! Immergersi
dove che sia, dove che sia, tra spasimi
di qualunque agonía, sùbito! Pèrdersi
senza aspettare più! Gli abiti paiono
lame alla carne... è freddo... basta... oh, madre,
mamma... Un singhiozzo
forse, sommessamente, ebbe; e riscosso
tentò sorgere, e cadde, e non aveva
lena, e gemé: non posso...

Poi solo gli occhi rimasero
vivi, fissi sul tragico
indugio di voi due. La morte
batteva, forte, più forte
ogni ora. Oh, aprire! aprire! quali porte
dunque eran chiuse? — Avanti,
Morte! Essi no! I compagni no! Me solo,
Morte! — Voi, muti,
guardavate in quel volto il vostro volto
di domani, nel suo delirio il vostro
di fra poche ore, in quel comando l'ultimo
gesto d'un vostro stesso amore... Presto...
pur che uno giunga... Il gelo
vi stagnò il pianto; ed il più esausto: — Avanti —
disse. Un sorriso errò lieve nei chiari
occhi dell'olocausto.

22

Questo fu l'ultimo giorno,
giorno di morte e di gloria.
Egli è là ancora, tra cielo
e gelo, con la sua muta Vittoria.
Forse — nessuno gli occhi gli ha chiusi —
guarda le lunghe aurore invernali.
Forse — gli ultimi ghiacci già fusi —
fluttua sulle verdi acque glaciali.
Forse. Ma nelle pupille sbarrate
serba il vostro ultimo dono:
le stille che vide, disperate,
brillare nel vostro sguardo buono...

Non ebbe, Egli, come voi, straziate
le carni dai denti dell'uomo!

LO STELO D'ORO

«Piccolo! Tutto piccolo, angusto,
chiuso, senza respiro, ricinto
di mura, come una prigione od un chiostro!
Piccolo, tutto ciò che amiamo, che è nostro,
per cui ci affatichiamo, spargiamo
lagrime, sorrisi, sangue...» Sospira
l'Aedo che è meco, e mi guarda
ma non risponde. «Ecco l'ombra»
mi dice, «di un tetto
di pènduli tralci. Non giova
qui forse alcun bévere? Il Sole
tanto arde! Sui pioppi
friniscono in coro
le tèttici, amiche
d'Anacreonte. Tutte oro
son già le messi. Odi il murmure
della dolce aura? Un idilio
è questa pace. Qui colse
fior da fior Laura? O un suo canto
sciolse Virgilio?»

«Fermo è Virgilio nel sepolcro,
Poeta, e gli uomini in cammino.
Rotola la terra fra le stelle del suo destino; questa,
provvida o funesta, è la sua sorte; e carme
d'uomo non l'arresta.»

Rise l'aedo, e girò lento gli occhi
sulla campagna. Case, uomini, solchi,
mietitrici, bifolchi,
fervere di sonanti opere, il canto
delle cicale, e accanto
al suo cuore placato, la tempesta
del mio, giovane. Tale
fu sempre il mondo; e parve
sempre diverso; ed è divinamente
uguale.
Questo ei pensava, e a me
disse: «O chela, anima
generosa, che annuncio rechi? Illumina
questa tua face? Se si spegne, lascia
cenere? O hai teco
l'ellèboro che ridà pace? Guarda

che di troppo gran vampa un folle sogno
chela, non ti arda.»

Non posso, non voglio sognare
Maestro. Odio il sogno e ogni ebbrezza.
Inseguo una splendente certezza
— ascolta! — che non potrò mai toccare.

Lassù, lassù, disperatamente
lontano
dove Sole e Terra un dì saranno,
dove forse, aedo, se occhio umano
corse, altro non colse
che il tremar remoto
di qualche astro ignoto,
ai fratelli miei che nasceranno
là tra Vega e il Cigno,
quando il Sole non sarà più che una goccia di sanguigno
magma, sale dal mio cuore un inumano
amore.
Ai fratelli fra mille anni o mille
secoli, venturi,
cui le luci che oggi abbagliano i nostri occhi non saranno
più che tizzi oscuri,
che vivranno, aedo, di una vita
che è già mia, ch'io vedo,
la mia pace, e il fuoco per la face che oggi invano
accendo, chiedo.
Salirà, ascendendo su di cielo
in cielo, della gran fiorita
forse un tenue stelo;
Forse un raggio, fiévole, rigando
l'infinita
via di una scia d'oro,
porterà, su, un tremulo bagliore
del mio cuore al loro; forse
pèndulo a quel raggio, già nel vuoto
immenso, fluttuando, nuoto.

INNO AL DENARO

Giunto in vetta all'umana orbita, il Savio
guardava il mondo. Vedea lento il fiume
scorrer del mondo, e si chiedeva: Quale
prora più fende? da qual seme nasce
più vasta fronda? che dono
è più grande, nella mano dell'uomo?

Ed ecco, nell'acceso pensiero,
balenare un lampo; e una spada
nuda, lucida e viva
come le cose che hanno anima, sorgergli
dinanzi agli occhi. «Brandiscimi
Uomo! Traccia il tuo solco nel mondo
col sangue! Pàvido è il gregge; di vili
e schiavi; di rosso
riga le schiene agli ignavi.

No, no, l'uomo è ribelle,
spada; non si doma col ferro.
Prono sotto il giogo si scrolla
e morde; lógora le mascelle
e schiuma; ma il freno consuma.
No, no, spada; altro aratro
cerco, bifolco
d'anime, per il mio solco.

E apparve allora, tutta scintillante
d'ori e di gemme, una virginea forma
di schiette membra. Tìnnule ai bei polsi
splendéan le armille: le ondeggiavan rose
nei bei capelli. Mai più soave voce
giunse a cuor d'uomo: «Sono colei che giunge
più profondo; la sola che sa il fondo
delle anime. Punge
s'io voglio, la mia voce come l'aspide;
s'io voglio è dolce più dell'odoroso
miele. Altre volte ho l'urlo fragoroso
più del rombo del tuono; altre il sussurro
lieve come lo scorrere tra l'erbe
del rigagnolo; il canto
altre ancora, più limpido e armonioso
che l'usignuolo.

No, no, va, Parola.
Taci. Non basti tu sola.
Stolto è l'uomo. T'accoglie
e plaude; poi ad altro si volge.
Va, Parola, altro vento
cerco, nocchiero
d'anime, per il mio veliero.

Ed allora una terza cosa, un'altra
cosa, un'umile cosa che non s'orna
d'alcun nome di mito e non ha scanno
in Elicona; quella ch'è vergogna
chiamare a nome, e ognuno adora, prono
nel fango; la vendemmia d'ogni vigna
umana, la più ricca tra le messi
d'ogni semina; il frutto
d'ogni fiore, che chiude il seme, il sacro
seme d'ogni indomani, disse: «Guardami
Son io che cerchi.»

Ed egli volse gli occhi
al suono; e gli battè forte nel petto
il cuore; chè quella era la più grande
fra tutte l'armi; il vomere dal taglio
più acuto, il più puntuto èrpice, l'arco
più teso...

Era la voce
della moneta piccola, che rotola
fra crepa e crepa, e lorda anche di polvere
si raccoglie, e si terge, e la soppesano
nel cavo della mano fatta adunca
gli umili e i grandi, chè vi ha il suo premio ognuno
di pane o d'onta; la rotonda briciola
del convito dei popoli, la goccia
piccola del gran fiume che dà vita
alla ruota del mondo; era la voce
della potenza fatta cosa, chiusa
nella forma immutabile dell'oro
o nella levità d'una volubile
ala di foglio, effusa
per infiniti rivoli, o raccolta
negli alti nembi; come l'acqua, a volta
a volta, tenue vapore, nuvola,

pioggia, onda, lago, fiume, torrente, oceano,
rugiada; era la voce
del denaro! del denaro! ditela forte
la parola! Non è vergogna! chè, se la mola
del mulino non dà farina, ma trita ghiaia
e sassi, o, ignara, nel suo rotare
stritola e frantuma ossa e carne e dal vaglio
escono lacrime e sangue,
non sopra la crosciante acqua, che splende
d'iridi, l'onta, ma su voi, mugnaia
gregge, discende!

INNO ALLA MATEMATICA

Lontanissimo lontanissimo
dove il cielo tocca la terra
c'è un castello; c'è da antichissimo
tempo un castello; vi stanno rinchiuse
Furie e Grazie, Fate e Muse.
Ombre e forme, larve e immagini
che nei secoli l'uomo ha create
giù nel parco tutte discendono
nelle tiepide notti d'estate;
Poi tra gli alberi, poi tra le fronde
tutte danzano sotto la luna;
Liete o irose, tristi o gioiose,
tutte cantano, fuor che una:
Fuor che una piccola Cenerentola
che sta al fuoco, e svéntola, svéntola.

Gridano le Erinni
«Suscitiamo gl'inni
diamo fuoco ai cuori
che la vampa rossa degli incendi li divori!
Lampo nelle spade
Sibilo nel piombo
Liévito nel sangue a ferro e fuoco ariamo il mondo; seme d'ossa
dà grano di riscossa; terra
rossa esprime messi opime; grida
e sfida il nostro canto cielo e terra: Guerra!
Guerra!»

Ascolta Cenerentola
e non parla; curva alla pentola
guarda il fuoco, e svéntola, svéntola.

«Vergini stelle, vergini stelle,
cantan le Grazie — dolci sorelle,
siamo le ancelle di un solo Signore,
ha nome l'Amore,
germoglia nel cuore, radice ha oltre il mondo,
nell'ansia infinita
che ha, il Tutto, di vita... ancelle divine
ancelle e regine,
rechiamo il messaggio che allieta ogni viaggio
lenisce ogni pena

fiorisce ogni strada
terrena...»

Ed a gara,
gioiosa fanfara, ecco irromper le voci
limpide, argute,
d'altre creature del vecchio castello
«Gioia degli occhi, festa dell'anima, nel mio pennello
reco il Creato!» — «Dal più profondo
delle montagne cavo la forma, creo, stampo l'orma
di Dio nel masso!» — «Chiudo il futuro
nelle mie sillabe; prostro, ed esalto; mostro le mète;
chiamo, e sfavillo! Brillo, e conduco!» — «Mormoro, piango,
canto... Nell'íride
delle mie note v'è pace e guerra,
v'è cielo e terra...» — «Droghe non reco
filtri non porto, meco ho una fiaccola, rompo le tenebre,
traccio il sentiero, guido, scorto...»

Alza gli occhi Cenerentola
su dal fuoco, su dalla pentola,
Alza gli occhi e un sorriso la sfiora:
Forse domani, forse fra un'ora...

Ma le Virtù tutte azzurrovestite
le candide mani sul petto riunite
rispondono: «Gioia che passa, di un'ora,
è la vostra; non dura, se infiora!
Gioia è quella dell'anima,
che scende nel più profondo,
splende nel cuore, lo illumina,
lo fa più limpido e mondo...
Il sorriso di chi perdona!
La ricchezza di chi non ha, e dona!
La gloria di chi gloria non brama!
La carità di chi ama!
La pace, ch'è nelle vene
di chi per male offre bene!»

«Pace prego anch'io,
ma la pace di Dio,
sola pace che acquieta,
sola che porta a una mèta,
tepore di vera luce
che al solo porto conduce;

dove ha tregua il pensiero
dove finisce il mistero...»

Così cantano, nella notte, sotto la luna,
Muse e Fate, Furie ed ombre, tranne che una.
Ma ad un tratto voci e danze sono interrotte;
si dileguano Muse e Fate via per la notte.
Cenerentola, Cenerentola,
lascia il fuoco, lascia la pentola,
corri ad aprire, corri al cancello,
qualcuno bussa al vecchio castello
Pellegrino all'antico maniero,
Cenerentola, batte il pensiero.

Non la magica pantofola
della favola per un piedino;
ma un enigma forte a risolvere
ha portato il pellegrino.
L'enigma grande, profondo,
d'ogni cosa, di tutto il mondo;
dell'Universo che non si dipinge
che non si canta, che non si finge;
l'enigma che risolto
mostra agli uomini Dio col suo volto.
Ombre e forme, Grazie e Muse,
mute e attonite stanno confuse,
nella notte sotto la luna
più non cantano, fuor che una;
Fuor che una piccola Cenerentola
che s'avanza; e la chioma le svéntola.
D'oro liquido, che trabocca
ha tra le mani ricolma una coppa
l'alza e canta, e il viso le splende
canta e all'ospite muto la tende.

— «Non mi chiedere come mi chiami
Bevi il filtro dalle mie mani
Goccia a goccia l'ho distillato
nei millenni che t'ho aspettato.
Non ho avuto templi dove m'adorassero
Non ho avuto mani che m'inghirlandassero
Non ho, come le mie sorelle,
cantato l'azzurro e le stelle.
Sola, senza lauri nè carmi
ho compiuto il cammino,
corrusche non furono le mie armi

nè il mio destino.
Non serbo rancore ai poeti
non seppero mai, di me, nulla
non videro, oltre i segni segreti,
la risplendente fanciulla.
Ma i segni e i simboli attorti
incatenavano senza posa;
i numeri serravan, più forti
di strambe, ogni cosa a ogni cosa.
Tessuto nella mia veste, ora, guarda!
è il Tutto; nè v'è disegno più bello;
Vedi, nella gran fiamma, come arda
fioco questo vecchio castello!

E l'Ospite bevve il filtro; il guarnello
lògoro, di Cenerentola, sparve.
Spàrvero, via per la notte, fantàsime
urlanti, Furie e Càriti e larve;
e nell'aurora, splendente
del suo divino fulgore,
balenò, sorridente
il volto di una legge d'Amore.

INNO ALL'OFFICINA

Il muro alto e nudo è senza orli
nè sporti; scheletrico e schietto
nel cielo. Fa aggetto
in alto, solo fastigio, una gronda. Volano rondini
saettando. Le cicale cantano. Un rombo
oscuro, di là dal muro, confuso
e ottuso, pieno di fremiti, riempie
lo spazio. Sono giunto al tempio. La porta
è questa: nudo segmento
di ferro
che cigola, mentr'io lo disserro.
Alto strepito, ritmico battere, chiaro frangersi di voci metalliche
m'urta e assorda; tremano al coro
sonoro l'aria e la vitrea
volta; le macchine grandinano
suono; stridono, clangono
ronzano. Teorie di ruote galoppano
frusciando; ai giunti s'intoppano
delle aeree striscie che scendono
e salgono; scendono
e salgono, come cose vive, allacciandosi
di ruota in ruota. (Là in alto
d'uno in altro, d'uno in altro
si rinvíano gli assi cèleri
cinghie e cinghie, cinghie e cinghie; pigri anelli scorrono
obliqui, recando messaggi
d'olio da mensola a mensola). Ma che vertigine
sui trasti innumeri
che si sussèguono, tra gli astri lucidi
dei raggi! Brulicano gli sporti in tralice
di guizzi labili di luci, e turbinano
sotto le aeree campate vortici
di suoni. È l'ora
piena. L'officina lavora.
Girano schidionate di contorti
bronzi sui lenti spiedi
dei torni. Ad ogni giro
stride il metallo; o latra alto; e la punta
d'acciaio, che lo sbrana
ad oncia ad oncia, fuma sotto il flusso
dell'olio. Frullan rapidi
i tornietti leggeri, e hanno gran chiacchiere
con gli uténsili. Lùccicano snelli
gli steli, alla carezza
degli arnesi sottili, e quasi sìbilano

nei mandrini veloci. Aeree liane
d'oro e d'argento sembrano fiorire
sotto i ferri, e in volute agili attorcersi
come viticci, sotto la profluvie
lene, tra fulva e bionda
che scendendo le inonda.
Silenziosa sorella
del gàrrulo tornio, la lenta
fresa ricama e consuma.
L'acme dei duri spigoli senza impeto
rode nel vivo; e fa splendente il concavo
scavo, d'intersecate orme. Ma il trapano
che ne ha uguale il costume, ha più fiera indole.
Frugano le nervose
eliche di sue punte
quasi rabbiose, i visceri
dei masselli compatti; e l'olio incotto
vaporando ribolle. Dal profondo
del foro, vien su lenta
e s'accumula all'orlo, un'impalpabile
velma; quasi terriccio umido; e il colmo
tratto tratto si spiana. In ritmo alterno
passa e ripassa, sonnolento
il rabotto. Va lento
e torna lesto; e pare ari, impassibile
nel fragore. Ma come acute stridono
le gaie mole! Sprizzano ventagli
di fuoco; e se la mano preme, e il cerchio
d'oro si chiude e come una raggiante
orbita splende, ogni altro strido, il più aspro
e ingrato è vinto. E muta appena tacciono
par l'officina. Ora da una lontana
sala giunge il percuotere
sordo, e l'ansito cupo
dei magli, sordi nel tonfo.
Trema il suolo a ogni colpo.
Pregna è l'aria del rombo.
Battono anche cesoie
ritmiche le ferree mascelle.
Paiono zanne che scattino.
Netto mordono e staccano.
Odo il tintinno dei pezzi
che cadono. E varco
un'ultima piccola porta
di ferro. Ecco il sancta
sanctorum. Non sillabe o brevi
parole; qui han frasi ampie e larghe
le macchine. Scattano rabide

le molle, e conflagrano
tra secchi urti e schianti
metallici, denti assi bracci
di leve. Sapienti
presiedono al gioco i profili
gibbuti di camme pazienti.

Questo è pane per la mia fame. Nulla
qui è vano o troppo; e nulla poco. Il gioco
dei moti ha un suo palese ritmo; e il ritmo
leggi; e ogni legge scivola pel clivo
più breve. E più che l'una
o l'altra delle macchine, amo questo
che le governa, umano ordine; anch'esso
lucido e schietto come uno splendente
ordegno. Un infinito
regno attende, al di là dei chiusi diedri
di queste mura, questo ordine; terre
acque, cielo; oltre le inanimate
cose, ogni essere vivo.
Anche un'anima sola
è un impero; un immenso impero senza
Cesare; e più che ogni arco
mitico è duro l'arco del pensiero
nostro, al saettar lungo. Ov'è il polso
per esso? Io penso al giorno
che sarà in ogni umano braccio; e il fuoco
dei falàrici incendierà le torri
di quest'arce di enigmi. E nella vena
del mio, dove più affiora,
guardo l'impeto che la fa piena; ancora
gagliardo. È l'ora?

I SEPOLTI

Ferma rolla in ascolto
la nave, muta, ed attende.
L'onda lunga la innalza
sul colmo, passa, la sprofonda
nel cavo. L'acqua
frange, contro lo scafo, e sciacqua.
Rolla, e ascolta. Ha raccolta
una voce, udito
un segno... Un segno che forse
tace, o — il silenzio
si fa più vasto — non c'è più... è svanito...

Ecco,
fievoli su dal fondo
salgono e si susseguono
treni di ronzíi. Pare
giungano su da tutto
il mare e ogni molecola
d'ogni onda li ripeta
sommessamente. Amici,
Voce d'amici immersi
che a nota a nota sillabano
parole... che... tra pausa
e pausa lenti compitano
un messaggio... che chiamano! ci chiamano!
Di sotto il gorgo chiamano noi! Sono
compagni che non tornano! Sepolti
vivi! Accénditi, stridi
Radio, che tutto il mare
oda, e dai porti
sfréccino, ansando, navi, navi, e corrano
che non sia tardi... «Siamo qui, qui, accanto
sopra di voi. Non disperate. Abbiamo
chiamato. Giungeranno
navi, e mezzi, e soccorsi. Udiamo. Abbiate
fede. Non vi lasciamo. Eccoci... Dite...»

Sepolti, sì, sepolti, sommersi
forse morituri... Ma l'acqua
che ci porta le loro voci, reca
le nostre; le parole
sono parole della stessa dolce
lingua; ed un po' di sole
scende con esse, e accende, al fondo, un tremulo

palpitar di speranza...

A voi no, immensa
gregge dei senza luce, non c'è raggio
di speranza che giunga. A voi no. Vuoto
suono v'è ogni linguaggio.
Siete i senza nome infiniti
di sorte oscura o lucente
che non udranno mai inviti
dal mondo del sole ridente.
Ognuno ha una piccola cella
racchiusa da quattro alte mura.
A ognuno sorride una stella
lassù, dalla breve apertura.
E ognuno ha un telaio. La vita
sta ad esso; e lavora; e il destino
appresta la canapa o il lino.
Guardate, cantando, fanciulli
che il gioco diverte. Il telaio
va. Sopra le celle
che importa sorridano stelle?
«Tessa la vita che vuol tessere
purchè licci s'alzino
purchè spole guizzino —
Questo è il vostro canto — raso
o saio
frulla, trama! la catena è sul telaio».

Li salveremo. Ma voi no, fratelli
murati vivi; ma voi no. La vostra
sì ch'è una tomba! Le pareti han nome
Credo - Non posso - Così sia - La quarta
è la paura; e sale alto alto. Il sole
è di là d'essa; e ride luce al mondo.
Ma voi cantate; e purchè i licci s'alzino
non chiedete altro; e non avrete. Il vostro
sì ch'è un sepolcro! Le pareti han nome
Credo - Non posso - Così sia - La quarta
è la paura; e sale alto alto. Il sole
è di là d'essa; e ride luce al mondo.